EL
BOSQUE

CLAIRE A. NIVOLA

EDITORIAL JUVENTUD
BARCELONA

D1270265

© EDITORIAL JUVENTUD, S. A. 2002
Provença, 101 - 08029 Barcelona
e-mail: editorialjuventud@retemail.es
www.editorialjuventud.es

Traducción de Élodie Bourgeois
Primera edición, 2002
Depósito legal: B. 30.556-2002
ISBN 84-261-3255-3
Núm. de edición de E. J.: 10.081
Impreso en España - Printed in Spain
A. V. C. Gràfiques, Av. Generalitat, 39, Sant Joan Despí

Para mis queridos Miriam, Hedda, Anne y Dan, y Rudi,
los árboles columnas de mi bosque.

Y para el príncipe Andrei, de Tolstoi, quien, al caer en el combate,
levantó la vista hacia el «cielo alto, justo y bueno»,
y comprendió tantas cosas.

SIEMPRE ME HA DADO MIEDO EL BOSQUE, ese oscuro
y desconocido lugar en los confines de mi pequeño mundo.
Por la noche, a menudo soñaba con él y me despertaba
angustiado. Ese miedo también me asaltaba de día, hiciera
lo que hiciese y donde fuera que fuese.

Una noche, el miedo me atenazó tanto, que ya no lo podía
soportar por más tiempo.

Por la mañana, desde el portal de mi casa, miré el cómodo sillón junto a la chimenea, mi acogedora cama, y los objetos que amaba.

Salí y cerré la puerta detrás de mí. Atravesé el pueblo
que conocía como la palma de mi mano. Pasé las tiendas

y las casas que me eran tan familiares y seguí hacia delante.

En el camino, mi corazón empezó a acelerarse. Ya no me sentía seguro, sino pequeño y solo en la inmensidad del mundo.

Seguí andando, pasando por granjas y campos desconocidos
hasta que se acabó la carretera empedrada.

Con incontenible inquietud, eché una mirada hacia atrás:
mi pueblo era un punto a lo lejos.

Frente a mí, amenazante, surgía el bosque. Las copas de los árboles mecidos por el viento se sacudían como miles de cabezas.

¿Qué iba a hacer? ¿Volver? ¿Correr hasta perder el aliento hacia la seguridad de mi casa?

No. Había llegado demasiado lejos.

Pero ¿y si me perdía? ¿Me devoraría un animal salvaje?
¿Me moriría de miedo?

Penetré en el bosque entre dos árboles que se erguían como columnas de una gran puerta.

Mi corazón latía con fuerza. El graznido de un pájaro a mis espaldas me hizo sobresaltar. Algo crujió muy cerca, y una sombra negra se movió a mi alrededor acercándose cada vez más. Buscando refugio apresuradamente, tropecé y me caí de cabeza al suelo. «Quédate quieto —pensé—; si gritas o te mueves, te encontrarán.» ¿Se oiría el estruendo de mi corazón?

Cuando abrí los ojos, mi nariz estaba hundida en el musgo, un bosque de diminutos árboles, suaves como plumas. Los rayos de sol caían entre las hojas y me calentaban la espalda. Una ligera brisa acariciaba mi piel.

¡Estaba vivo!

¿Cuánto tiempo había pasado allí?

Una mariposa abría y cerraba sus alas cerca de mí, como un ángel de la guarda.

Me puse a escuchar. Millones de hojas susurraban suavemente a mi alrededor. Me di la vuelta y, por primera vez, levanté la vista.

Allá arriba vi el cielo. Era mucho más grande que el bosque, más grande incluso que el miedo que sentía, más grande que cualquier otra cosa.

Así me quedé tendido —un punto en aquel susurrante mundo— hasta que la luz empezó a declinar.

Después, aún hechizado por la extraordinaria belleza del bosque, emprendí el largo camino de vuelta a casa.